WAS SIND ESCAPE GAMES?

Sicher hast du schon von *Escape Games* gehört. Bei diesen „Fluchtspielen" schlüpfst du in die Rolle von Bankräubern, Polizisten und Geheimagenten! Das Prinzip ist einfach: Du bist mit deinem Team in einem Raum eingeschlossen. Euer Ziel ist es, dort wieder herauszukommen, indem ihr Hinweise sucht, Rätsel löst, Mechanismen in Gang setzt ... und das alles in weniger als einer Stunde!
Egal ob mit Freunden oder der Familie – hier kann jeder mitmachen. Und das ohne besondere Vorkenntnisse: Logik und Teamgeist sind alles, was ihr braucht!

2011 wurden in Europa die ersten Räume für *Escape Games* eröffnet. Heute gibt es auch in vielen Städten in Deutschland, Österreich und der Schweiz Escape Rooms. Im Loewe Verlag sind inzwischen mehrere *Escape Game*-Hefte erschienen. Bei jedem Abenteuer reist du durch die Zeit, um gemeinsam mit deinem treuen Roboter Dooz eine Mission zu erfüllen. Los geht's, viel Glück beim Knacken der *Escape Game Kids*!

Mélanie Vives und Rémi Prieur, die Erfinder der *Escape Game Kids*

DAS SPIEL BEGINNT!

Gleich ist es so weit: In wenigen Sekunden wirst du versuchen, eine Reihe mysteriöser Rätsel zu lösen und Geheimnisse zu lüften. Denk dabei an die folgenden Regeln:

DIE ZEIT LÄUFT

Ziel ist es, deinen Auftrag in möglichst kurzer Zeit zu erfüllen. Wähle deinen Schwierigkeitsgrad aus:

60 min **Anfänger:** Du spielst zum ersten Mal ein *Escape Game*.

45 min **Fortgeschrittener:** Du hast mindestens ein *Escape Game* „in echt", als Videospiel oder in Buchform gemacht.

30 min **Profi:** Du hast schon etliche *Escape Games* hinter dir.

Blättere auf die nächste Seite um und starte deine Stoppuhr. Oder du spielst ganz ohne Zeitbegrenzung, wenn du willst.

ALLES NOTIERT

Stürze dich nicht ohne die Grundausstattung eines *Escape Gamers* ins Abenteuer: gespitzter Bleistift und Radiergummi!

Hab keine Skrupel, direkt ins Heft zu kritzeln, etwas durchzustreichen oder einzukreisen – das wird dir bei den Rätseln helfen.

Um deine Werkzeuge auf den Seiten 43 bis 48 auszuschneiden, benötigst du außerdem noch eine Schere. Auch eine Musterklammer und einen Klebestift solltest du bereithalten.

WO GEHT ES WEITER?

Dieses Buch liest du nicht wie ein normales Buch: Die grün markierten Seitenzahlen zeigen dir an, dass die Geschichte hier nicht auf der nächsten Doppelseite weitererzählt wird. Nur indem du gut aufpasst und die Rätsel löst, findest du heraus, auf welcher Seite das Abenteuer weitergeht. Aber denk daran: Du darfst nur dann auf eine Seite gehen, wenn dich deine Lösung dort hinführt.

Eine Ausnahme gibt es. Wenn du auf eine Seite stößt, deren Ecke geknickt ist, kannst du einfach umblättern: eine Seite weiter, wenn es die rechte Ecke ist, und eine Seite zurück bei der linken.

CLÉMENCE GUEIDAN
EL GUNTO

ESCAPE GAME

KIDS

VERSCHOLLEN AM AMAZONAS

Loewe

FSC
www.fsc.org
MIX
Papier aus verantwortungsvollen Quellen
FSC® C109273

ISBN 978-3-7432-1017-2
1. Auflage 2021
erschienen unter dem Originaltitel *Escape game junior: Perdus dans la jungle* (ISBN 978-2-2151-7331-1)

Aus dem Französischen übersetzt von Sonja Fiedler-Tresp
Autor: Clémence Gueidan
Umschlag- und Innenillustrationen: El Gunto
Umschlaggestaltung: Jennifer Wunderwald
Redaktion: Elena Hein
Printed in the EU

www.loewe-verlag.de

CHECK DIE LÖSUNG

Wenn du denkst, eine Lösung gefunden zu haben, kannst du sie auf Seite 42 überprüfen. Dein treuer Freund, der Roboter Dooz, hilft dir dabei, das Lösungsraster zu entziffern.

DOOZ' WERKZEUGKASTEN

Der Roboter Dooz ist da, um dir zu helfen. Vor Beginn der Mission hat er dir Werkzeuge gegeben, die sich bei bestimmten Rätseln als nützlich erweisen werden. Blättere schnell auf die Seiten 43 bis 48 und schneide sie aus!

DU BRAUCHST HILFE?

Während der Mission bist du dein eigener Spielleiter. Wenn du bei einem Rätsel nicht weiterweißt, kannst du Dooz um einen Hinweis (S. 30 bis 35, orange) oder sogar die komplette Lösung bitten (S. 36 bis 41, violett). Anders als bei den Rätseln sind die Hilfestellungen nach Seitenzahlen geordnet. Für jede Seite findest du einen oder mehrere Hinweise sowie eine Lösung.

Es ist übrigens überhaupt nicht schlimm, wenn du die Hinweise nutzt. Sie sind Teil des Spiels und wie in realen *Escape Rooms* gehört es dazu, sie einzusetzen.

Inhalt

Die Zeit läuft

Herzlich willkommen!

Du gehörst zur Spezialeinheit der raumzeitlichen Geheimorganisation Y und bist dort Experte für riskante Missionen: Einen feindlichen Angriff im Jahr 1917 verhindern? Einen Flüchtigen im Jahr 1541 aufhalten? Ein magisches Amulett aus prähistorischer Zeit wiederbeschaffen? Immer bist du zur Stelle!

Zum Glück bist du auf deinen Missionen nie allein. Dein treuer Roboter Dooz ist stets an deiner Seite. Dank ihm und seinem Raum-Zeit-Portal kannst du in der Zeit reisen. Aber Achtung: Du solltest deinen Auftrag so schnell wie möglich erfüllen, da Dooz das Portal nicht sehr lange offen halten kann.

Deine neueste Mission führt dich ins Jahr 1925. Im Dschungel am Amazonas ist eine Expeditionsgruppe unter der Leitung von Percy Fawcett auf einer ihrer Forschungsreisen spurlos verschwunden. Eine Kreatur, die genauso geheimnisvoll wie gefährlich sein soll, scheint nicht davon begeistert gewesen zu sein, dass die Gruppe das Heilige Tal betreten hat, und bedroht seither das Volk der Xingu.
Begib dich im Land der Xingu auf die Spuren der Forscher, suche die Kreatur, die die Bevölkerung bedroht, und zähme sie, bevor sie Rache nehmen kann.

Schnell, blättere auf die nächste Seite!

SCHON GEWUSST?

Der AMAZONAS-REGENWALD ist ein tropischer Wald im Amazonasbecken in Südamerika. Er erstreckt sich über neun Länder auf insgesamt rund 5,5 Millionen Quadratkilometern. Damit ist er mehr als 15-mal so groß wie Deutschland!

Dein Abenteuer beginnt am Rand des Dschungels. Fawcett und sein Team sind durch mehrere Dörfer gekommen, um ins Heilige Tal zu gelangen. Wer hat sie zuletzt gesehen und weiß, wohin sie wollten?

SCHON GEWUSST?

OBERSTLEUTNANT PERCY HARRISON FAWCETT hat wirklich gelebt. Er war Soldat, Kartograf, Archäologe und Forscher. Auf der Suche nach einer versunkenen Stadt verschwand er 1925 im Amazonas-Regenwald.

Finde heraus, welchen Weg die verschollenen Abenteurer gegangen sind, durch welche Dörfer sie gekommen sind und wo sie zuletzt waren. Du hast eine Zahl gefunden? Geh schnell auf die passende Seite, damit die Mission weitergehen kann!

Deine Lösung:

Der Zauberspruch hat funktioniert! Die Kreatur ist in einen tiefen Schlaf gefallen, aus dem sie sehr lange nicht mehr erwachen wird. Für dich ist es höchste Zeit, diesen Ort zu verlassen. Aber wie?

Deine Lösung:

Der Jaguar hat sich von deinen Fähigkeiten überzeugt und dich und Dooz zu einer Lichtung geführt. Hier hat die Kreatur einen alten verlassenen Tempel als Unterschlupf gewählt. Auf den ersten Blick gibt es keine Eingangstür, aber es muss doch eine Möglichkeit geben, ihn zu betreten!

Deine Lösung:

Du weißt, dass eine geheimnisvolle Kreatur auf Rache sinnt, weil die Forscher das Heilige Tal entweiht haben. Einer alten Prophezeiung nach kann sie nur zu Vollmond erwachen. Du hast keine Zeit zu verlieren: Überquere den Fluss westlich des Dorfes, aus dem du kommst. Nur so kannst du den Weg der Forscher weitergehen und die Kreatur stoppen!

SCHON GEWUSST?

Der AMAZONAS fließt quer durch den Regenwald. Mit 6 400 Kilometern ist er einer der längsten Flüsse der Welt, zusammen mit dem Nil in Afrika (6 650 Kilometer). Wenn man seinem Lauf zu Fuß folgen würde, bräuchte man mehrere Monate ...

Die Wand hat sich geöffnet und einen Weg freigegeben, durch den du in den Tempel eindringen konntest ... Doch sie hat sich sofort wieder geschlossen.

Der Hut am Boden gehört Fawcett! Die Forscher waren also hier. Wenn du ganz leise bist, hörst du ein tiefes Knurren. Die Kreatur muss da sein, hinter einer der zehn Türen!

Deine Lösung:

Bravo! Mission erfüllt: Die Kreatur ist wieder eingeschlafen und die Xingu haben nichts mehr zu befürchten. Aber was ist das überhaupt für ein fremdartiges Monster? Und wieso sind Fawcett und sein Team verschollen? Es bleiben viele offene Fragen, auf die es noch keine Antworten gibt ...

Du gehst zu Dooz, der wirklich stolz auf dich zu sein scheint. Er öffnet sein Raum-Zeit-Portal, um dich schnell wieder in die Gegenwart zu bringen. Nun ist der Moment gekommen, nach Hause und in deine Zeit zurückzukehren. Aber ganz sicher nicht für lange. Denn Dooz hat eine Nachricht für dich: Eine neue Mission wartet schon ...

Du hast es über die Brücke geschafft, aber ein Jaguar versperrt dir den einzigen Weg. Er scheint allerdings nicht feindlich gesinnt zu sein – es sieht sogar eher so aus, als wolle er dir helfen …

SCHON GEWUSST?

Der AMAZONAS-REGENWALD ist sehr artenreich: Man findet dort rund 40 000 Pflanzenarten, über 400 Säugetierarten, 1 300 Vogelarten und sogar 2,5 Millionen Insektenarten.

Ich bin der Wächter des Heiligen Tals. Wenn du es bis hierher geschafft hast, bist du mutig und schlau. Doch das reicht nicht, um dich der Kreatur zu stellen, die gerade erwacht ist. Beweise mir, dass du über Scharfsinn und Beobachtungsgabe verfügst, dann zeige ich dir den Weg, den du nehmen musst, um zu ihr zu gelangen.
Deine Lösung:

Der erste Schritt ist getan. Du hast das Xingu-Dorf gefunden, in dem die Forscher zuletzt gesehen wurden. Die Einwohner scheinen in Panik zu sein, denn seither hören sie die grollende Wut einer rachsüchtigen Kreatur ... Der Dorfälteste versucht, dir etwas in einer unbekannten Sprache zu erklären.

KPL HILUALBYLY ZPUK BT CPLYGLOU BOY PUZ OLPSPNL AHS HBMNLIYVJOLU.
Deine Lösung:

Du hast die Tür gefunden, hinter der sich die mysteriöse Kreatur versteckt! In eine Wand sind dort fremdartige Symbole eingraviert. Laut Dooz handelt es sich dabei um einen Schutzzauber gegen böse Wesen, die die Bevölkerung bedrohen. Das Problem: Es sieht aus, als habe der Zauberspruch Lücken ...

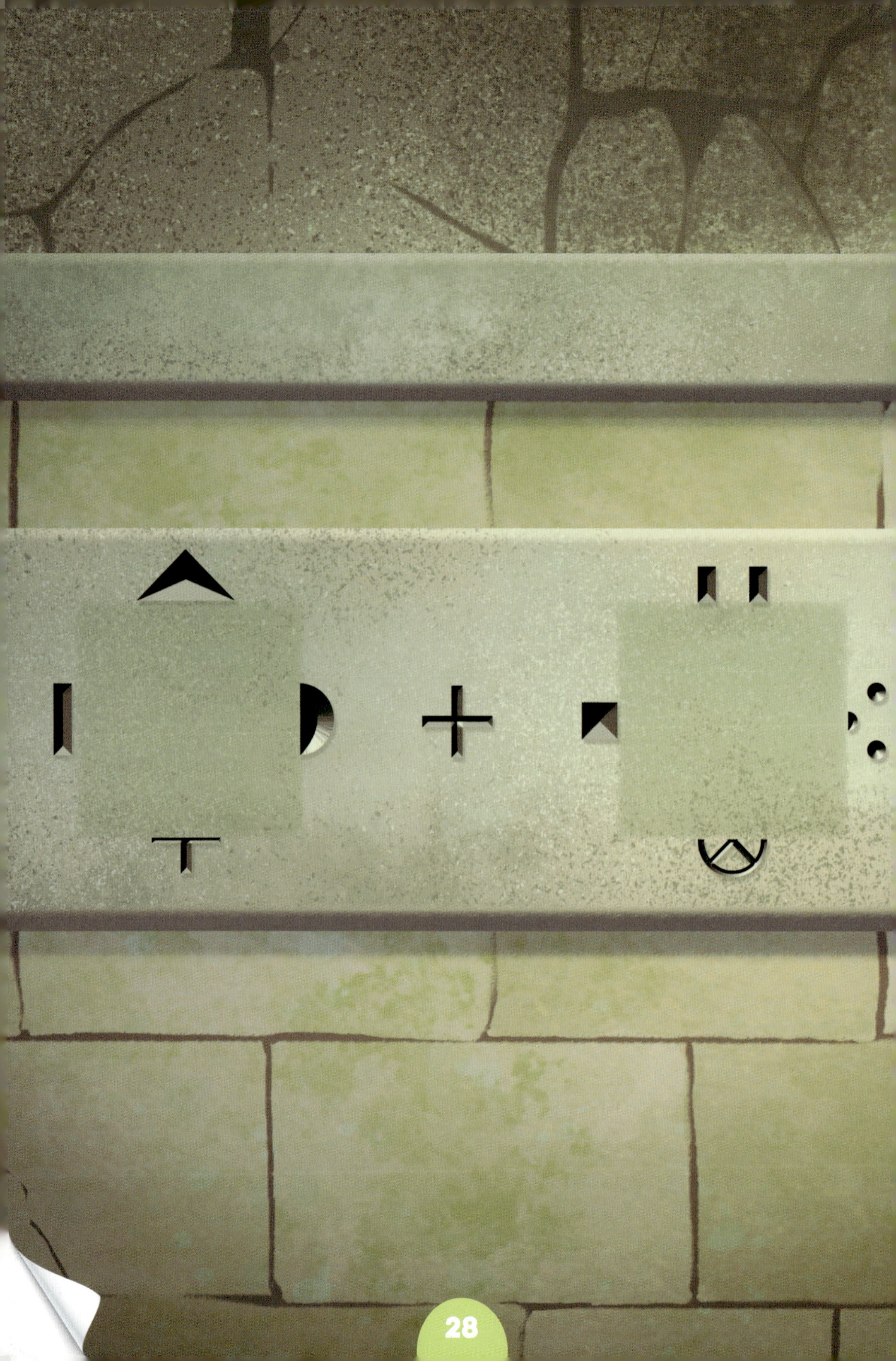

Deine Lösung:

HINWEISE

Die Hinweise sind nach Seitenzahl und nicht nach der Reihenfolge der Rätsellösungen sortiert. Wenn du Hilfe brauchst, musst du dir die Hinweise ansehen, die zur Seite gehören, auf der du nicht weiterkommst!

SEITE 8–9

HINWEIS 1: Hast du dir die Gegenstände gut angeschaut, die Dooz dir vor der Mission anvertraut hat? Du kannst sie auf den Seiten 43 bis 48 ausschneiden. Einer wird dir helfen!

HINWEIS 2: Schau dir die Karte genau an. Das blaue Kreuz markiert den Ort, an dem Fawcett und sein Team aufgebrochen sind.

HINWEIS 3: Wenn du den Weg nimmst, der im Streckenbuch auf Seite 43 steht, kannst du den Forschern Schritt für Schritt folgen.

HINWEIS 4: Der Kompass hilft dir, die Richtung zu finden. Du startest beim blauen Kreuz in Feld 2/1 und gehst dann in südliche Richtung bis zum ersten Dorf. So landest du auf Feld 4/1.

HINWEIS 5: Der einzige Weg, auf dem du den See umrunden kannst und am westlichsten Tempel des Dschungels vorbeikommst (der Tempel in 5/2), führt dich in das Dorf in 5/5.

HINWEIS 6: Folge weiter allen Anweisungen in Fawcetts Streckenbuch. Die Zwischenstationen auf der Karte helfen dir, das letzte Dorf zu finden, das er mit seinem Team besucht hat. Die Koordinaten des Dorfes ergeben eine Zahl ... Du hast die Zahl? Überprüfe deine Antwort an Dooz' Lösungsraster auf Seite 42.

SEITE 10–11

HINWEIS 1: Hast du dir die Gegenstände gut angeschaut, die Dooz dir vor der Mission anvertraut hat? Du kannst sie auf Seite 43 bis 48 ausschneiden. Einer wird dir helfen.

HINWEIS 2: Schneide die Liane aus und sieh sie dir ganz genau an. Wie es aussieht, kann man eines ihrer Enden an dem Ring an der Decke befestigen.

HINWEIS 3:

Starte bei mir und überquere den Fluss mithilfe der Liane – schwinge an ihr wie ein Affe von Baum zu Baum.

HINWEIS 4: Hast du die Buchstaben und Zahlen an der Grottenwand entdeckt?

HINWEIS 5: Die Blätter der Liane sind nicht zufällig angeordnet. Sie sollen dir einen Hinweis geben ...

HINWEIS 6: Wenn du an der am Ring befestigten Liane von links nach rechts über den Fluss schwingst, wirst du sehen, dass jedes einzelne Blatt auf einen der eingravierten Buchstaben oder eine der Ziffern an der Felswand zeigt. Kannst du eine Zahl daraus bilden? Überprüfe deine Antwort schnell an Dooz' Lösungsraster auf Seite 42.

SEITE 12–13

HINWEIS 1: Hast du dir die Gegenstände gut angeschaut, die Dooz dir vor der Mission anvertraut hat? Du kannst sie auf den Seiten 43 bis 48 ausschneiden. Sie werden dir helfen.

HINWEIS 2: Die Zahnräder, die du auf Seite 45 ausschneiden kannst, haben alle unterschiedlich geformte Löcher – genau wie die Räder an der Tempelwand.

HINWEIS 3: Die braunen Markierungen helfen dir, die Zahnräder korrekt an der Wand anzulegen.

HINWEIS 4:

Schau dir die Zeichen oben links an der Wand gut an. Sie scheinen die Richtung vorzugeben.

HINWEIS 5: Drehe nun jedes Zahnrad Zahn für Zahn, indem du den Anweisungen folgst, die dir die Pfeile an der Wand geben. Achtung: Durch die gekreuzten Bänder dreht sich das eine Rad in die eine Richtung, wenn du ein anderes in eine andere Richtung drehst.

HINWEIS 6: Beginne zum Beispiel mit dem ganz linken Zahnrad mit Loch in Form eines Dreiecks. Lege es mit dem Buchstaben K auf der braunen Markierung auf die braune Halterung in der Wand. Wenn du es danach einen Zahn weiter nach rechts drehst, dann noch einen weiter nach rechts, dann einen nach links und immer so weiter ... Was passiert?

HINWEIS 7: Wenn du das erste Rad einen Zahn nach rechts drehst, dreht sich das zweite Rad einen Zahn nach links, das dritte einen Zahn nach rechts, das vierte einen Zahn nach links und das letzte einen Zahn nach rechts. Um alle Räder an die richtige Stelle zu drehen, musst du also im Kopf behalten, dass sich das Rad mit dem Kreis und das mit dem Kreuz in der Mitte in die entgegengesetzte Richtung drehen!

HINWEIS 8: Hast du alle Zahnräder in die vorgegebenen Richtungen gedreht? Die Buchstaben, die sich jetzt in den braunen Markierungen befinden, sollten eine Zahl ergeben ... Hast du sie? Dann überprüfe sie schnell an Dooz' Lösungsraster auf Seite 42.

SEITE 14–15

HINWEIS 1: Achtung, einige Bretter sind morsch! Tritt besser nicht darauf, sonst riskierst du, dass sie unter deinen Füßen wegbrechen.

HINWEIS 2: Schau dir die Bretter an, die in gutem Zustand sind. Sie haben andere Muster als die anderen ...

HINWEIS 3: Lehn dich ein Stück zurück und sieh dir die Muster nun noch einmal genauer an. Kannst du eine Zahl darin erkennen? Überprüfe deine Antwort an Dooz' Lösungsraster auf Seite 42.

SEITE 16–19

HINWEIS 1: Denk daran, dass du auf den Seiten mit einer umgedrehten Ecke vor- oder zurückblättern kannst.

HINWEIS 2: Hast du dir die Gegenstände genau angeschaut, die Dooz dir vor der Mission gegeben hat? Du kannst sie auf den Seiten 43 bis 48 ausschneiden. Bestimmt hilft dir einer von ihnen weiter.

HINWEIS 3:

Auf dem Tempelplan, den du auf Seite 43 ausschneiden kannst, ist der Ort, an dem sich die Kreatur versteckt, mit einem roten Kreuz markiert. Beweg dich im Labyrinth rückwärts, um die Tür zu finden, hinter der sie sich verbirgt.

HINWEIS 4: Schau dir den Plan genau an und vergleiche ihn mit den Seiten 16 bis 19. Die Elemente, die im Plan gekennzeichnet sind, werden dir bei deiner Suche nach der richtigen Tür helfen.

HINWEIS 5: Schau dir zum Beispiel als Erstes die Tür an, durch die du in den Tempel hineingekommen bist. Wenn du dich zum Altar drehst, befinden sich die Stufen, die unter die Erde führen, laut Plan direkt zu deiner Rechten. Mit dem Maya-Dekoder, den du auf Seite 43 ausschneiden kannst, lassen sich die Symbole auf der Tür entschlüsseln. Es handelt sich um Tür Nummer 12.

HINWEIS 6: Versuche jetzt mithilfe des Plans, die Tür zu finden, durch die du zur Kreatur im Tempel gelangst. Orientiere dich dabei an der Eingangstür.

HINWEIS 7: Du hast die richtige Tür gefunden? Nutze den Maya-Dekoder, um ihre Nummer zu entschlüsseln. Du hast auch die richtige Zahl herausgefunden? Dann geh schnell auf Seite 42, um sie an Dooz' Lösungsraster zu überprüfen!

SEITE 20–21

Keine Hinweise für diese Seiten.

SEITE 22–23

HINWEIS1: Der Jaguar wünscht sich, dass du ihm Scharfsinn und Beobachtungsgabe beweist ... Sieh dir das Bild daher so aufmerksam wie möglich an.

HINWEIS 2:

Hast du bemerkt, dass einige der Flecken auf seinem Fell eine ganz bestimmte Form haben?

HINWEIS 3: Richtig, sie sehen aus wie Buchstaben! Wenn du alle Buchstaben gefunden hast, bilden sie ein Wort. Kennst du nun die Lösungszahl? Dann überprüfe sie schnell an Dooz' Lösungsraster auf Seite 42!

SEITE 24–25

HINWEIS 1: Hast du dir die Gegenstände angeschaut, die Dooz dir am Anfang der Mission gegeben hat? Du kannst sie auf den Seiten 45 bis 48 ausschneiden. Bestimmt hilft dir einer von ihnen weiter!

HINWEIS 2:

Der Dorfälteste spricht eine Xingu-Sprache, die du nicht kennst, aber mit dem Universal-Übersetzer von Seite 45 kannst du entschlüsseln, was er sagt.

HINWEIS 3: Das erste Wort beginnt in Xingu mit K. Mithilfe des Universal-Übersetzers erkennst du, dass es im Deutschen ein D sein muss.

HINWEIS 4: Hast du es geschafft, die Nachricht des Dorfältesten zu entschlüsseln? Darin hat er auch eine Zahl genannt? Schnell, beeil dich, um deine Vermutung an Dooz' Lösungsraster auf Seite 42 zu überprüfen!

SEITE 26–29

HINWEIS 1: Denk daran, dass du bei einer umgeknickten Ecke eine Seite vor- oder zurückblättern darfst.

HINWEIS 2: Hast du dir die Gegenstände angeschaut, die Dooz dir am Anfang der Mission gegeben hat? Du kannst sie auf den Seiten 43 bis 48 ausschneiden. Bestimmt hilft dir einer von ihnen weiter!

HINWEIS 3: Schneide Dooz' Talisman auf Seite 47 aus. Es ist ein Würfel, den du falten und an den Laschen zusammenkleben musst.

HINWEIS 4: Schau dir die Kanten des Würfels an, den du gerade zusammengebaut hast. Die Symbole ähneln jenen, die in die Wand graviert sind. Wie musst du den Würfel korrekt an die drei Stellen an der Wand anlegen?

HINWEIS 5: Wenn du den Talisman anlegst, sollten die Symbole, die an den unteren Kanten die Wand berühren, die Symbole vervollständigen, die in den Stein geritzt sind.

HINWEIS 6: Liegt der Talisman richtig? Betrachte nun die Oberseite des Würfels, insbesondere die Symbole in der Mitte. Wiederhole das Ganze mit den anderen beiden Stellen an der Wand.

HINWEIS 7: Du hast die drei fehlenden Symbole gefunden? Nimm dir den Maya-Dekoder auf Seite 43 zu Hilfe und sieh nach, was sie bedeuten. Die eingravierten „+“-Zeichen auf der Mauer bedeuten bestimmt, dass du die drei Ziffern zusammenrechnen sollst. Hast du das gemacht? Überprüfe deine Antwort an Dooz' Lösungsraster auf Seite 42!

LÖSUNGEN

Die Lösungen sind nach Seitenzahl und nicht nach der Reihenfolge der Rätselantworten sortiert. Wenn du also eine Lösung wissen willst, lies bei der Seitenzahl nach, auf der du hängen geblieben bist.

SEITE 8–9

Du musst den Weg nachvollziehen, den Fawcett und sein Team gegangen sind – von ihrer Ankunft im Dschungel bis zum letzten Dorf, das sie besucht haben. Nutze dafür das Streckenbuch, das du auf Seite 43 ausschneiden kannst.

Beginne in Feld 2/1, dem Feld mit dem blauen Kreuz, und folge dann den Anweisungen im Streckenbuch. Der Kompass hilft dir, Schritt für Schritt den richtigen Weg zu finden bis zu dem Dorf, das Fawcett und sein Team vor ihrem Verschwinden zuletzt besucht haben.

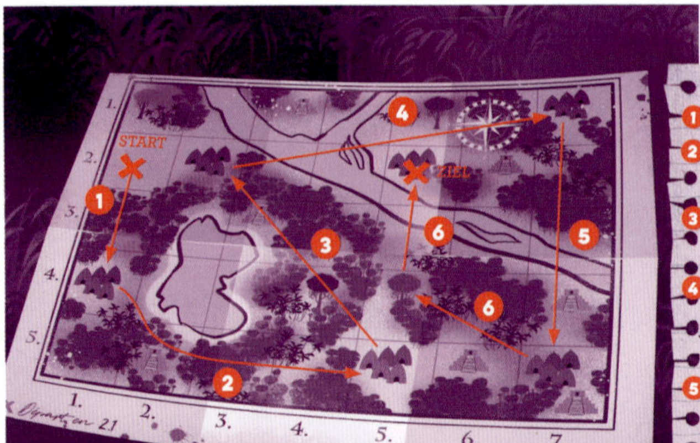

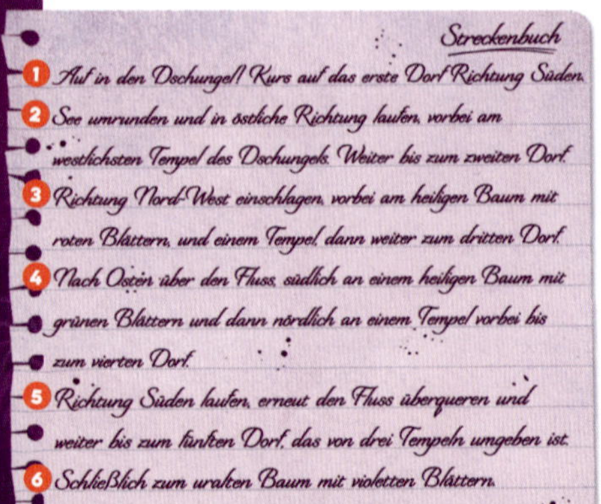

Streckenbuch

1 Auf in den Dschungel! Kurs auf das erste Dorf Richtung Süden.

2 See umrunden und in östliche Richtung laufen, vorbei am westlichsten Tempel des Dschungels. Weiter bis zum zweiten Dorf.

3 Richtung Nord-West einschlagen, vorbei am heiligen Baum mit roten Blättern, und einem Tempel, dann weiter zum dritten Dorf.

4 Nach Osten über den Fluss, südlich an einem heiligen Baum mit grünen Blättern und dann nördlich an einem Tempel vorbei bis zum vierten Dorf.

5 Richtung Süden laufen, erneut den Fluss überqueren und weiter bis zum fünften Dorf, das von drei Tempeln umgeben ist.

6 Schließlich zum uralten Baum mit violetten Blättern. Von dort nach Norden bis zum letzten Dorf vor dem Heiligen Tal.

Die Forscher wurden als Letztes im Dorf in Feld 2/5 gesehen. Blättere schnell auf Seite 25, um die Xingu zu befragen, die dort wohnen!

SEITE 10–11

Dir bleibt nichts anderes übrig, als den unterirdischen Fluss zu überqueren, um diesen Ort zu verlassen.
Nutze dafür die Liane, die du in Dooz' Werkzeugkasten auf Seite 47 ausschneiden kannst. Befestige sie mit einer Musterklammer an dem Ring in der Decke oder halte sie mit dem Daumen fest (aber das ist schwierig). Lass die Liane über den Fluss gleiten, vom linken Felsvorsprung zum rechten. Dabei wirst du bemerken, dass die Blätter der Liane genau auf fünf Buchstaben und Zahlen zeigen, die in die Grottenwand geritzt sind.

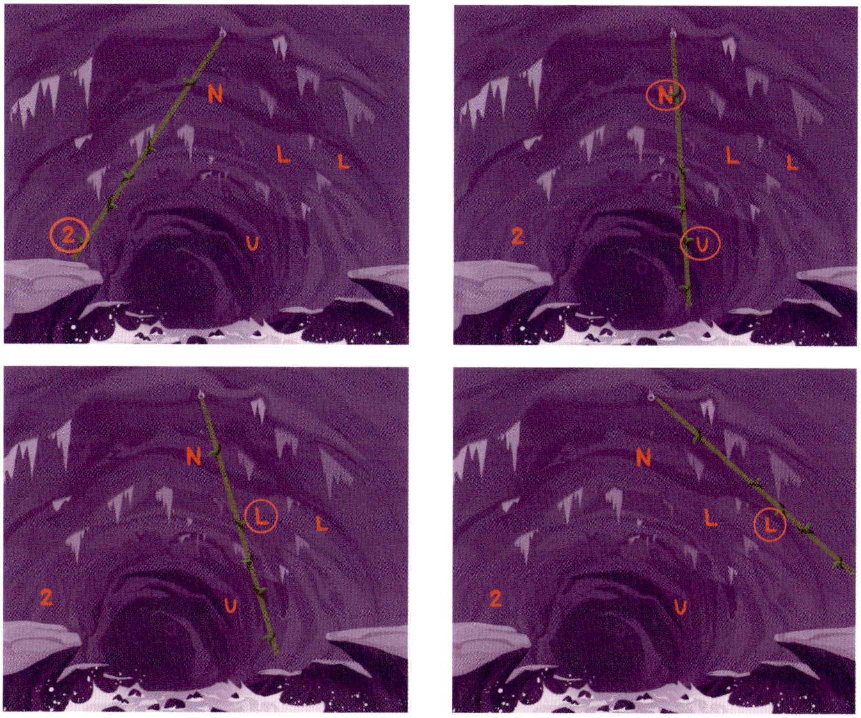

Notiere alle Zahlen und Buchstaben, auf die die Blätter zeigen, in der richtigen Reihenfolge von links nach rechts. So erhältst du die Geheimbotschaft „2-N-U-L-L“. Es ist eine Kombination aus einer Zahl und einem Wort. Du hast herausgefunden, was sie bedeutet? Richtig, der Ausgang des Tempels befindet sich auf Seite 20. Schnell, beeil dich!

SEITE 12–13

Du musst einen Weg in den Tempel finden. Nutze dafür die Zahnräder, die du auf Seite 45 ausschneiden kannst.
Zuerst musst du alle fünf Zahnräder an die richtigen Stellen legen. Diese erkennst du an der Form der Löcher in den Zahnrädern.

Achtung: Damit die Zahnräder zu Beginn richtig eingestellt sind, musst du den braunen Marker jeweils auf der passenden braunen Stelle an der Wand positionieren.
Wenn die Zahnräder richtig liegen, drehst du sie so, wie es die Anweisungen an der Wand vorgeben: ein Zahn nach rechts, ein weiterer Zahn nach rechts, ein Zahn nach links, ein Zahn nach rechts, noch ein Zahn nach rechts und schließlich ein Zahn nach links. Für das Zahnrad mit dem Dreiecks-Loch sieht das zum Beispiel so aus:

Startposition

Ein Zahn nach rechts gedreht

Ein zweiter Zahn nach rechts gedreht

Ein Zahn nach links gedreht

Ein Zahn nach rechts gedreht

Ein zweiter Zahn nach rechts gedreht

Ein Zahn nach links gedreht

Verfahre bei den anderen vier Zahnrädern genauso und lies am Schluss von links nach rechts die fünf Buchstaben und Zahlen, die sich auf den braunen Markierungen befinden.
Achtung: Durch die gekreuzten Seile dreht sich das zweite Zahnrad in die Gegenrichtung des ersten. Du musst also die Zahnräder mit dem runden Loch und mit dem Kreuz andersherum drehen als vorgegeben (links, links, rechts, links, links, rechts).

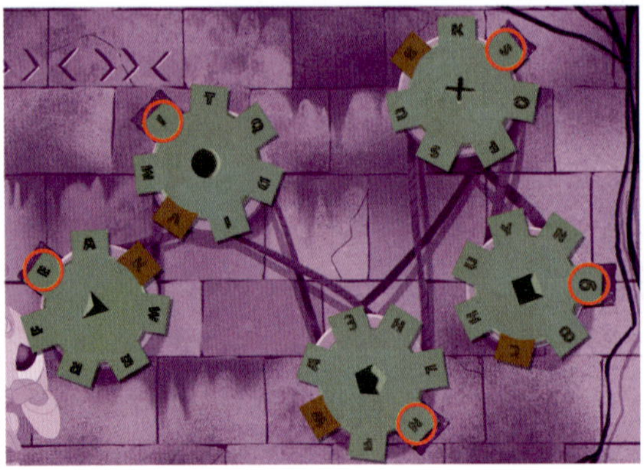

Kombiniert ergeben die Zahl und die Buchstaben „EINS6“. Erkennst du, was die verschlüsselte Botschaft bedeutet? Richtig, 16! Geh, ohne zu zögern, auf Seite 16, um herauszufinden, wer sich in dem Tempel befindet.

SEITE 14–15

Wenn du dir die Brücke aufmerksam anschaust, siehst du, dass einige Bretter kaputt sind. Du darfst sie auf keinen Fall betreten, sonst riskierst du, am Grund des Amazonas zu enden!
Konzentriere dich also auf die Bretter, die in gutem Zustand sind.

Halte das Heft ein Stück von dir weg und betrachte die heilen Bretter mit Abstand. Oder du nimmst einen Stift und fährst damit ihr Muster nach. Jetzt müsstest du sehen, dass das Muster die Zahl 23 bildet. Geh schnell auf Seite 23, um die Brücke zu überqueren und das Heilige Tal zu erreichen!

SEITE 16–19

Durch welche Tür musst du gehen, um die Kreatur zu finden? Der Tempel scheint das reinste Labyrinth zu sein. Zum Glück kannst du mit dem Plan auf Seite 43 herausfinden, wo es langgeht. Dafür musst du einfach das Labyrinth rückwärts durchlaufen, vom Versteck der Kreatur bis zur richtigen Tür.

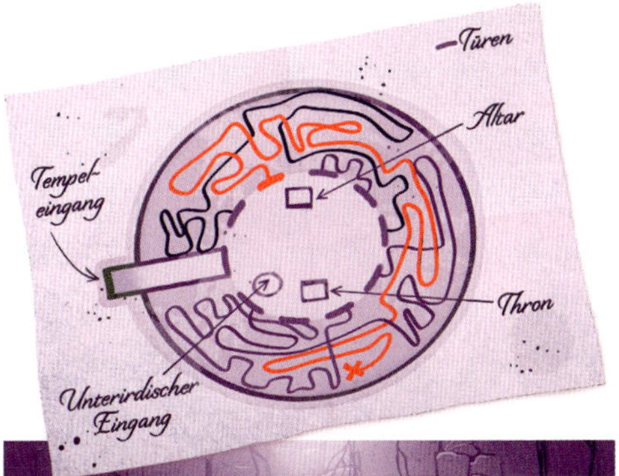

Wenn du die richtige Tür auf dem Plan ausgemacht hast, musst du herausfinden, welcher der zehn Türen auf den Seiten 16 bis 19 sie entspricht. Orientiere dich dabei an den Elementen auf dem Plan: Thron, Altar, Stufen.
Aus dem Plan weißt du zum Beispiel, dass sich die Stufen, die unter die Erde führen, auf der rechten Seite befinden, wenn du dich nach dem Eintreten in den Tempel zum Altar drehst. Daher ist auch klar, dass die Eingangstür die zweite von links ist. Laut Plan gibt es nur eine einzige Tür zwischen dem Eingang und der Tür, die du suchst. Es handelt sich bei der gesuchten also um die vierte Tür von links.
Du hast die richtige Tür gefunden? Schau dir die Symbole, die sich darüber befinden, aufmerksam an.

Mit dem Maya-Dekoder von Seite 43 findest du heraus, dass die Symbole der Zahl 26 entsprechen. Verlier keine Minute und renn auf Seite 26, um das Versteck der Kreatur zu betreten!

SEITE 22–23

Der Jaguar will, dass du ihm deine Beobachtungsgabe und deinen Scharfsinn beweist. Wenn du sein Fell ganz genau betrachtest, wirst du feststellen, dass einige Flecken aussehen wie Buchstaben. Diese Buchstaben bilden das Wort ZWOELF. Spring schnell auf Seite 12, um der Kreatur auf den Fersen zu bleiben!

SEITE 24–25

Mit dem Universal-Übersetzer von Seite 45 kannst du entschlüsseln, was der Dorfälteste der Xingu gesagt hat. Die Buchstaben auf dem äußeren Kreis entstammen der Sprache der Xingu. Die Buchstaben des inneren Kreises zeigen, was sie auf Deutsch bedeuten.
Wenn du jeden Xingu-Buchstaben durch sein deutsches Gegenstück ersetzt, erhältst du folgenden Satz:

K	P	L		H	I	L	U	A	L	B	Y	L	Y		Z	P	U	K
D	I	E		A	B	E	N	T	E	U	R	E	R		S	I	N	D

B	T		C	P	L	Y	G	L	O	U		B	O	Y		P	U	Z
U	M		V	I	E	R	Z	E	H	N		U	H	R		I	N	S

O	L	P	S	P	N	L		A	H	S		H	B	M	N	L	I	Y	V	J	O	L	U
H	E	I	L	I	G	E		T	A	L		A	U	F	G	E	B	R	O	C	H	E	N

Los, beeil dich und begib dich auf Seite 14, um ihnen zu folgen!

SEITE 26-29

Um die Symbole zu vervollständigen, die in die Wand geritzt sind, brauchst du den Talisman auf Seite 47. Schneide ihn aus, falte ihn an den Kanten und klebe ihn zusammen, sodass sich ein Würfel ergibt.

Leg den Talisman so an die Wand, dass die eingeritzten Symbole von den Symbolen an den unteren Kanten des Würfels, mit denen er die Wand berührt, ergänzt werden. Wenn der Würfel richtig liegt, betrachte das Symbol, das sich mittig auf seiner Oberseite befindet.

Mach an den anderen beiden Eingravierungen an der Wand genauso weiter.

Der Maya-Dekoder von Seite 43 hilft dir dabei herauszufinden, welche Zahl zu welchem Symbol gehört.

Die Symbole „+“, die in die Wand geritzt sind, bedeuten, dass du die drei Ziffern zusammenzählen sollst. Das Ergebnis ist 10. Jetzt kannst du den Zauberspruch sprechen und dir das Ergebnis auf Seite 10 anschauen!

LÖSUNGSRASTER

Du hast die Lösung zum Rätsel gefunden? Um sicherzugehen, frag Dooz, den Roboter. Er hat ein Lösungsraster, mit dem du alle deine Antworten überprüfen kannst.

SO FUNKTIONIERT ES: Wenn du glaubst, dass die Lösung des Rätsels auf den Seiten 26 bis 29 die Zahl 19 ist, dann suche die Spalte „26-29“ und die Zeile „19“. Siehst du in dem Feld, in dem sich die beiden kreuzen, ein „Daumen hoch“-Symbol, liegst du richtig und darfst auf Seite 19 gehen, wo dich die Fortsetzung deiner Mission erwartet!
Bei einem „Daumen runter“-Symbol hast du dich geirrt. Kehre schnell auf die Seiten 26 bis 29 zurück und versuche dein Glück noch mal!

SEITE DES RÄTSELS

SEITE, AUF DER DIE MISSION WEITERGEHT	8-9	10-11	12-13	14-15	16-19	22-23	24-25	26-29
8	👎	👎	👎	👎	👎	👎	👎	👎
9	👎	👎	👎	👎	👎	👎	👎	👎
10	👎	👎	👎	👎	👎	👎	👎	👍
11	👎	👎	👎	👎	👎	👎	👎	👎
12	👎	👎	👎	👎	👎	👍	👎	👎
13	👎	👎	👎	👎	👎	👎	👎	👎
14	👎	👎	👎	👎	👎	👎	👍	👎
15	👎	👎	👎	👎	👎	👎	👎	👎
16	👎	👎	👍	👎	👎	👎	👎	👎
17	👎	👎	👎	👎	👎	👎	👎	👎
18	👎	👎	👎	👎	👎	👎	👎	👎
19	👎	👎	👎	👎	👎	👎	👎	👎
20	👎	👍	👎	👎	👎	👎	👎	👎
21	👎	👎	👎	👎	👎	👎	👎	👎
22	👎	👎	👎	👎	👎	👎	👎	👎
23	👎	👎	👎	👍	👎	👎	👎	👎
24	👎	👎	👎	👎	👎	👎	👎	👎
25	👍	👎	👎	👎	👎	👎	👎	👎
26	👎	👎	👎	👎	👍	👎	👎	👎
27	👎	👎	👎	👎	👎	👎	👎	👎
28	👎	👎	👎	👎	👎	👎	👎	👎
29	👎	👎	👎	👎	👎	👎	👎	👎

DOOZ' WERKZEUGKASTEN

Streckenbuch

Auf in den Dschungel! Kurs auf das erste Dorf Richtung Süden.
See umrunden und in östliche Richtung laufen, vorbei am
westlichsten Tempel des Dschungels. Weiter bis zum zweiten Dorf.
Richtung Nord-West einschlagen, vorbei am heiligen Baum mit
roten Blättern, und einem Tempel, dann weiter zum dritten Dorf.
Nach Osten über den Fluss, südlich an einem heiligen Baum mit
grünen Blättern und dann nördlich an einem Tempel vorbei bis
zum vierten Dorf.
Richtung Süden laufen, erneut den Fluss überqueren und
weiter bis zum fünften Dorf, das von drei Tempeln umgeben ist.
Schließlich zum uralten Baum mit violetten Blättern.
Von dort nach Norden bis zum letzten Dorf vor dem
Heiligen Tal.

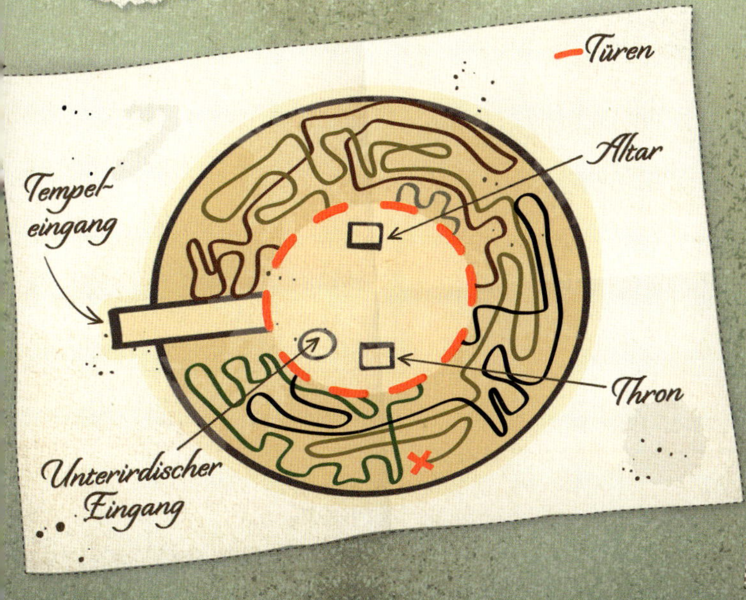

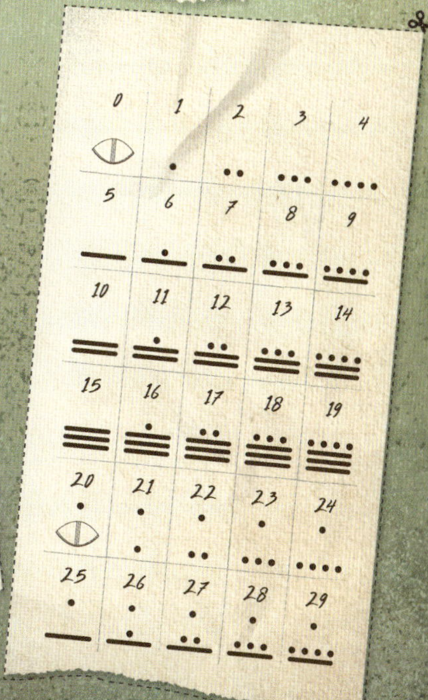

Universal-ÜBERSETZER